I0686752

PROCÈS

DES

FRÈRES FAUCHER.

BORDEAUX.

IMPRIMERIE DE A. DUVIELLA J.or,

Rue Saint-Remy, N.º 52.

LES FRÈRES FAUCHER

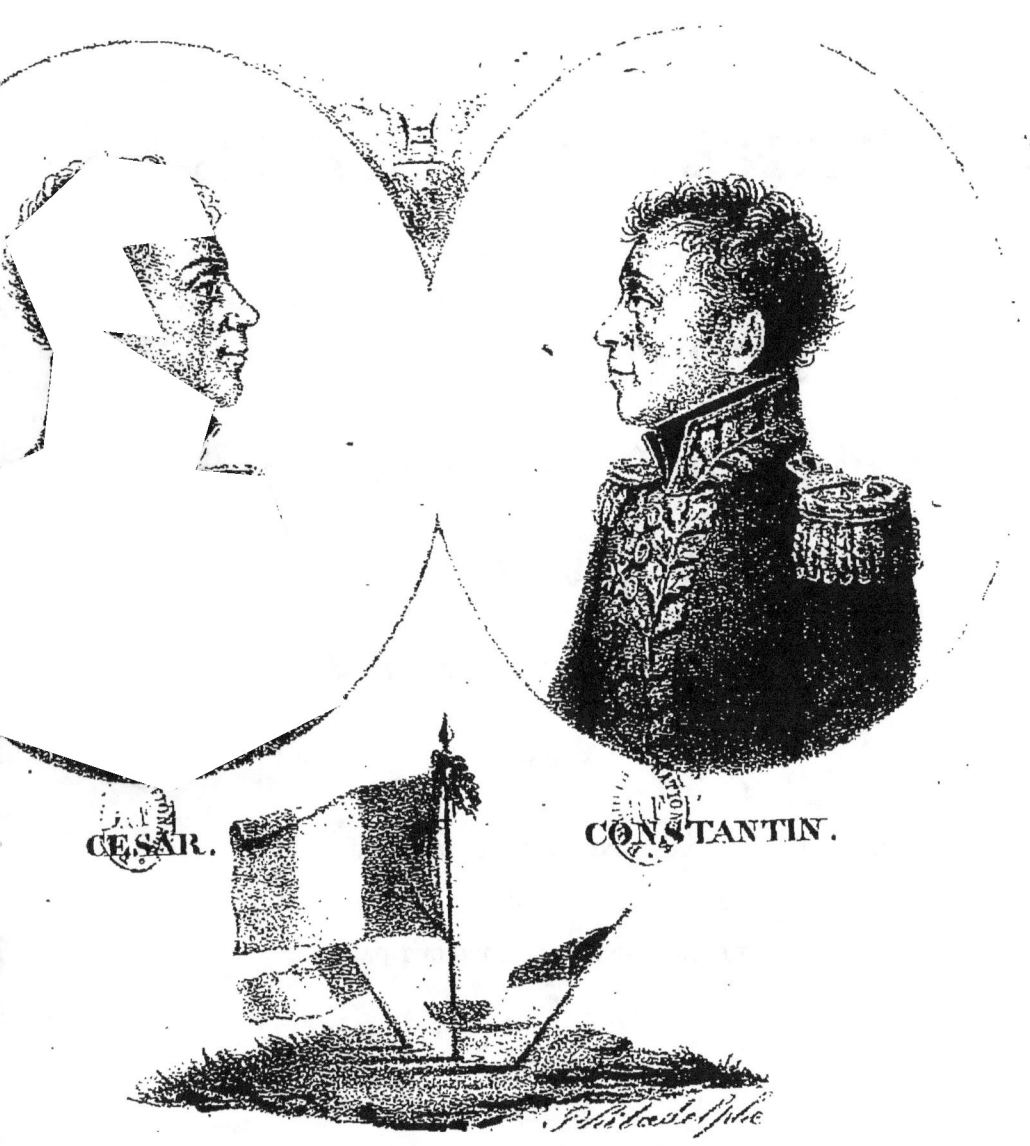

CÉSAR. CONSTANTIN.

P. Philastel Ste

Deux jumeaux compagnons de supplice et de gloire
Unis par le berceau la tombe et la victoire,
Ont trouvé cent bourreaux et pas un défenseur !

L. Dupaty.

Litho de Gaulon.

PROCÈS

DES

FRÈRES FAUCHER,

DE LA RÉOLE,

MORTS, EN 1815,

Victimes de la fureur des Partis.

PUBLIÉ

Par leur Neveu Casimir FAUCHER.

———◆———

SE VEND AU PROFIT DU MONUMENT QUI VA LEUR ÊTRE CONSACRÉ
DANS LE CIMETIÈRE DE LA CHARTREUSE, OU ILS FURENT
DÉPOSÉS APRÈS LEUR EXÉCUTION.

———◆———

A BORDEAUX ET A PARIS,

Chez les principaux Libraires.

=

SEPTEMBRE 1830

AVANT-PROPOS.

« Ces frères Faucher, dont l'histoire gardera le souvenir, dit une biographie des contemporains, eurent une naissance, une vie, une gloire, une mort et une destinée communes. Jamais peut-être le monde ne reverra le phénomène d'une ame partagée en quelque sorte entre deux corps parfaitement semblables; de deux êtres humains, à qui il fut donné d'avoir les mêmes traits, les mêmes goûts, les mêmes succès, les mêmes malheurs, en un mot, la même existence physique et morale. César et Constantin étaient nés à la même heure, de la même mère, à la Réole, le 12 Septembre 1760 ».

Ils étaient fils d'Étienne Faucher, ancien officier, chevalier de St.-Louis et de St.-Michel, successivement secrétaire d'ambassade à Turin, chargé d'affaires près la république de Gênes, secrétaire général du gouvernement de Guienne, etc.; leur mère, mademoiselle Faugeroux appartenait aux premières familles du pays.

Ils entrèrent aux chevau-légers de la garde du roi, le 1.er Janvier 1775, et passèrent officiers, le mois d'Août 1780, dans le régiment de Bouflers dragons.

Aux avantages d'une physionomie heureuse, ils joignirent les qualités du cœur et les agrémens d'un esprit cultivé. Bons, braves, gais, généreux, bienfaisans, ils étaient aimables, sur-tout César. La douceur de leurs manières, les grâces de leurs conversations, leurs prévenances les faisaient aimer d'abord, et augmentaient chaque jour le charme de leur intimité. Ils eurent des ennemis, sans doute, et de bien cruels, mais ils ne les comptèrent que parmi les jaloux, les envieux ou les sots.

César et Constantin malgré leur esprit ardent et facile à s'égarer, ne ternirent jamais par l'excès de leur zèle, leur dévoûment à l'amitié et à la patrie. Aucun vice n'eut accès dans leur cœur : ils ne furent cependant pas exempts de défauts. Ceux qui exercèrent le plus d'influence sur leur vie entière, furent une certaine legèreté dans les jugemens qu'ils portaient, et une confiance excessive qui les exposa souvent à se laisser surprendre par les dehors de l'amitié. Peut-être furentils aussi un peu enclins à l'ironie et à la satire, penchant toujours funeste, quoique trop souvent justifié par le vice et la sottise.

En 1791, César fut nommé président de l'administration du district de la Réole, et commandant des gardes nationales de l'arrondissement.

Constantin, chef de la municipalité de la Réole, signala son administration par plusieurs actes de bienfaisance et de désintéressement.

Après le 21 Janvier 1793, ils partirent pour l'armée en qualité de volontaires. Leurs talens, leur conduite brillante et courageuse les firent bientôt distinguer. Ils furent faits généraux de brigade en même temps, après avoir parcouru rapidement, et ensemble, tous les autres grades. Chaque promotion fut la récompense de quelque action d'éclat et eut toujours lieu sur le champ de bataille.

A l'attaque de la forêt de Vouvans, le 13 Mai 1793, César est enveloppé; son cheval tombe sous lui percé de coups, lui-même reste sur la place frappé de dix coups de sabre sur la tête et d'une balle dans la poitrine. Ce fut à ses cris de *vive la République*, que des cavaliers, conduits par son frère Constantin, revinrent à la charge, le reconnurent et l'arrachèrent à une mort devenue inévitable.

Arrêtés sous prétexte de *fédéralisme*, par suite d'une dénonciation de Paris, ils furent traduits au tribunal révolutionnaire de Rochefort, qui les condamna à mort. Le jugement allait être exécuté, déjà le bourreau les aidait à monter sur l'échafaud, lorsque le représentant Lequinio qui était sur les lieux, ordonna de surseoir à l'exécution. Le jugement fut revisé et cassé, et ces deux frères rendus à la liberté. Ils vinrent en litière à la Réole pour y achever la guérison de leurs blessures.

César et Constantin furent ensuite attachés en qualité de généraux de brigade, à l'armée du Rhin et Moselle. Mais l'état de leurs blessures ne leur permit pas de continuer long-temps le service actif.

Le premier Consul nomma Constantin sous-préfet de la Réole, le 3 Avril 1800, et César membre du conseil-général du département de la Gironde, le 15 Mai 1800. Ils exercèrent ces fonctions publiques jusqu'en 1803.

En 1815, César fut nommé député par le collége de la Réole, et Constantin élu maire de la Réole. Le 14 Juin, ils furent nommés maréchaux de camp à l'armée des Pyrennées-Occidentales. Les arrondissemens de la Réole et de Bazas furent mis sous le commandement de Constantin, lorsque le département de la Gironde fut déclaré en état de siége.

Le reste de la vie des deux jumeaux se trouve dans les tristes et nombreux détails de leur procès dont la *Bibliothèque historique*, tom. 6 et 7, a rapporté toutes les pièces. Le récit abrégé que nous en publions aujourd'hui (1) fut composé à

_____

(1) Nous nous sommes décidés à faire imprimer cet écrit, et cette courte notice sur nos oncles, pour imposer silence à la calomnie qui s'est irritée du pieux et patriotique hommage que les amis de la liberté viennent de rendre à leur mémoire, en plantant sur leur tombe un drapeau tricolore. Nous avons peine à nous expliquer ce long acharnement de la fureur des partis contre des infortunés qui ne sont plus. Que les hommes de 1815 se résignent cependant, car nous les prévenons que ce signe glorieux de notre indépendance, dont la vue est pour eux ce que la vue de l'eau est pour les hydrophobes, sera bientôt remplacé par un modeste cénotaphe en pierre, où seront inscrits les noms des victimes, sans que leurs mânes puissent s'affliger d'y lire celui de leurs bourreaux.

Paris, à notre prière, en 1819, par un ami de nos oncles.

Nous espérions à cette époque faire reviser leur jugement. Mais le seul ministère un peu constitutionnel de la restauration cessa bien vîte d'exister; nos espérances d'une justice tardive s'évanouirent avec lui. Aujourd'hui que la vérité peut se dire sans crainte, nous publions ce triste récit du plus affreux, du plus irréparable malheur; Puisse-t-il désarmer les ennemis de la mémoire de César et de Constantin! Puisse le souvenir de la mort cruelle des deux jumeaux, faire bénir l'heureuse révolution de Juillet, qui ne veut ni persécutions, ni réactions, ni assassinats juridiques, et qui a inscrit sur sa glorieuse bannière: *Ordre, liberté, tolérance, justice pour tous.*

CASIMIR FAUCHER.

PROCÈS

DES

FRÈRES FAUCHER,

DE LA RÉOLE.

———✦———

> Deux jumeaux, compagnons de supplice et de gloire,
> Unis par le berceau, la tombe et la victoire,
> Ont trouvé cent bourreaux et pas un défenseur.

Ces trois vers de M. Emmanuel Dupaty, extraits de son poëme intitulé *les Délateurs*, m'ont fait relire avec un nouvel intérêt toutes les pièces du procès qu'ils rappellent si douloureusement à nos souvenirs.

Loin de moi la pensée de ranimer des fureurs éteintes ou de réveiller des haines assoupies. Seulement je voudrais que chacun eût gravé au fond de son ame une éternelle reconnaissance pour les avocats généreux qui, dans des tems de colère, exposent leur état, leur vie même en défendant d'illustres citoyens, attaqués tour-à-tour par la fureur des partis ou par des gouvernemens aussi faibles que cruels. Je voudrais encore que, dans toutes les classes de la société, le plus profond mépris devînt la juste punition de ce petit nombre d'indignes avocats, oubliant la sainteté de leur serment lorsqu'ils revêtent la robe des Ferrère, des Mauguin, des Mérillou, et délaissant, au jour du malheur, les infortunés qui leur tendent des mains suppliantes.

Pour l'homme que ses emplois rattachent à l'ordre judiciaire, il est un devoir bien doux à remplir, c'est celui de découvrir, s'il est possible, ou de sauver, au péril de ses jours, l'innocent confondu trop de fois dans de vagues accusations avec des coupables présumés; mais pour l'avocat, s'il dédaigne l'accomplissement de ce devoir sacré, il commet sciemment un véritable sacrilège. Il forfait tout à la fois à l'honneur, par rapport à la société qui hait les ingrats et méprise les lâches, et à la morale par rapport à son noble ministère, qui fait, dans des circonstances graves, de la défense de tout prévenu de délit politique, surtout, une étroite obligation dont rien au monde n'exempte de s'acquitter avec le soin le plus religieux.

Si ces réflexions sont justes, les lecteurs impartiaux se formeront aisément une opinion positive sur MM. Ravez, E***, S***, B***, N***, etc., qui refusèrent de défendre les frères Faucher (1).

_____

(1) Un journal de l'époque, en apprenant au public ce

Je vais laisser parler quelques faits particuliers à leur procès. Il a eu des suites si déplorables qu'il n'est pas inutile de conserver le souvenir de ses plus funestes circonstances.

Mieux que tout ce que je pourrais dire, et bien plus énergiquement, ils feront apprécier la conduite des deux avocats les plus remarquables parmi ceux que je viens d'indiquer.

Le refus de M. Ravez surprit étrangement, de la part de ce jurisconsulte, qui avait su depuis long-temps gagner l'estime du public. Mais les sentimens qu'éprouvèrent les personnes qui connaissaient les liaisons intimes, familières de M. Ravez avec les frères Faucher, sont faciles à deviner. Et que l'on ne pense pas que tout ceci pourrait bien être une supposition gratuite; voici deux lettres qui ne permettent pas d'élever aucun doute là-dessus :

A Monsieur Ravez.

« Les liens d'attachement et de parenté (La « mère de M.me Ravez était mariée avec un parent » de la famille Faucher) ne dispensent pas d'être

---

refus *si honorable* pour ses auteurs, s'empresse de l'accompagner des belles paroles suivantes : « Rien ne prouve mieux « le jugement porté par l'opinion publique que *le refus* « *unanime* des avocats les plus distingués de notre barreau « de prêter leur ministère à ces accusés. »

« juste, et la restitution est un devoir rigoureux
« envers ses proches et ses *meilleurs amis*. Or,
« nous avons trouvé dans nos vieux débris une
« Agathe-onyx d'un travail exquis qui appartient
« évidemment à M. Ravez : elle est du temps de
« Démostène et représente la tête d'Homère. Cette
« image du prince des poètes, dans le siècle et
« le pays du prince des orateurs, s'était bien
« fourvoyée en s'arrêtant chez nous. Elle arrive
« aujourd'hui à son adresse. Que M. Ravez veuille
« bien n'y pas méconnaître ses titres de propriété
« et nos obligations. C'est le désir et l'espérance
« de deux jumeaux qui disent de lui ce que les
« Grecs disaient du chantre d'Achille : Il échauffe,
« il inspire, et personne ne s'avise d'en être ja-
« loux ».

Signé César FAUCHER, Constantin FAUCHER.

Réponse de M. Ravez.

« Errant dans la Grèce qu'il enchantait par ses
« beaux vers, Homère trouva quelquefois sans
« doute un mauvais gîte. Les dieux de sa patrie
« furent eux-mêmes exposés à ce malheur. Le
« même sort lui était réservé en France, et je re-
« doute pour moi ses imprécations contre Cûmes.
« Mais aussi pourquoi lui donner mon adresse au
« sortir de chez vous ? Le prince des poètes re-

« grettera son premier logement, et j'aurais trop
« à rougir devant lui si vous lui aviez lu la lettre
« aimable dont il était porteur, et que j'ai si peu
» méritée. Dans l'humble milieu où m'a placé le
« hasard, je ne suis qu'un soldat et je n'ai que
« du zèle. Voilà mes seuls et faibles titres que
« l'indulgence de l'amitié et une sorte de partia-
« lité *de famille* savent ennoblir, comme elles
« se plaisent à exagérer mes services. Du moins
« j'essaierai de suppléer aux qualités que je n'ai
« point, *par un attachement sincère envers les*
« *deux jumeaux* admirateurs de mon nou-
« vel hôte, et aux obligations qu'ils ne me doi-
« vent point, par le désir *de leur être utile.* (1).

« Daignez, Messieurs, en agréer l'assurance
« avec mes remercîmens et les affectueuses civi-
« lités de celui qui est tout à vous.

« *Bordeaux*, 12 *Novembre* 1815.

« *Signé* AUGUSTE RAVEZ ».

Ces deux lettres portent avec elles leur commentaire. Je ne m'arrête pas au style de l'une et

---

(1) Frères infortunés! dans votre lettre vous nommiez *votre
meilleur ami* celui qui dans sa réponse vous promettait *un
attachement sincère*, et se disait animé *du désir de vous
être utile....* Mais quand il a fallu vous secourir, ce lâche
ami, cet indigne parent vous a abandonnés à la fureur de vos

de l'autre. Autant celui des frères Faucher est facile et gracieux, autant celui de l'avocat est lourd
et contraint. Je doute beaucoup, lorsque des ama-
teurs seront admis dans le cabinet de M. Ravez,
que le président obligé de chaque session (1),
leur dise, en leur faisant admirer la beauté de son
Agate-onyx : « cette pierre précieuse me fut don-
« née, en 1813, par les frères Faucher, mes pa-
« rens, mes amis, et, en 1815, je n'ai pas voulu
« leur prêter mon ministère pour les arracher à
« une mort presque certaine ».

Le refus de M. Ravez et, il est pénible de
l'avouer, de presque tous ses confrères du
barreau du *Douze-Mars*, ne surprit que ceux
qui ne savent pas que certains individus regardent toujours les vaincus comme les plus grands
monstres de la terre, et les vainqueurs, comme
les plus honnêtes gens du monde. Mais ceux
qui n'ignoraient pas que M. M*** avait reçu des
frères Faucher de ces petites marques d'intérêt
que l'on rougit souvent d'avouer en public, et que
l'on reconnaît quelquefois en secret par un service éminent qui satisfait notre vanité; ceux-là

---

ennemis; et, quand il pouvait vous délivrer du danger, il
hâtait, peut-être, par des vœux impies, l'heure fatale de
votre supplice !!

(1) Il ne faut pas oublier que cet écrit est de 1819.

ne trouvèrent nulle excuse à M. M***, lorsqu'ils l'entendirent s'exprimer sur le compte des deux jumeaux, de la manière la plus révoltante, dans sa défense du capitaine Varret; cette défense lui fournit même l'occasion, et il se garda bien de la perdre, d'attaquer avec emportement et sans motif les avocats du maréchal Ney : « Le sang, dit M. « M***, a tant coulé sur le sol français depuis quel-« ques années, qu'il est permis d'en devenir ava-« re; *les crimes* qui vous sont dénoncés aujour-« d'hui, *sont*, vous n'en doutez pas, *l'ouvrage* « *des deux frères*, dont la Réole conservera long-« tems l'effrayant souvenir. Ces deux coupables « ont payé *leurs forfaits* de leur vie. Vous ne « confondrez pas l'égarement avec *le crime*; l'er-« reur d'un jour avec *la scélératesse de vingt-« cinq années*, j'oserai même dire les victimes « *avec les bourreaux* ».

Ce langage, qui rappelle la fougueuse élo-quence de Danton, était assez extraordinaire dans la bouche de M. M***. Personne, je pense, après l'avoir entendu s'exprimer ainsi, n'oserait lui faire l'injure de croire qu'il avait continué de fréquenter les frères Faucher jusqu'en 1814? Eh bien, il n'est pas moins vrai que la dernière vi-site qu'il leur rendit, date du mois d'Octobre 1814, c'est-à-dire, presqu'à la fin *des vingt-cinq an-*

2

nées de scélératesse, pour parler le langage poli de notre brillant et véridique orateur.

Si, dans ces circonstances, M. M*** n'avait pas perdu complètement la mémoire, il n'eût pas insulté jusque dans la tombe les deux malheureux jumeaux. Il se serait peut-être rappelé qu'autrefois il les avait loués en vers et en prose, pour en obtenir le secours de quelques écus; et M. M*** paraissait alors éprouver un besoin très-pressant de ce vil métal. Les deux lettres suivantes vont servir de preuve à ce que je viens d'avancer.

Au général Faucher, palais des Consuls, pavillon de Flore.

« Il y a une heure que je vous ai quitté, mon
« cher général, et je reviens vous trouver; j'es-
« père que c'est une passion violente que vous
« m'avez inspirée, puisqu'elle ne me permet pas
« que je reste éloigné de vous plus long-tems sans
« avoir recours à mon esprit pour soulager mon
« cœur ».

Du feu que vous avez fait naître,
Vous voyez là l'effet touchant :
. . . .
Vous me trouverez plus, peut-être,
Intéressé qu'intéressant.

« Voici le fait : je n'ai point de nouvelles de
« Bordeaux. Je viens de chez madame Caseaux,
« qui m'a renvoyé jusqu'au 18 ; je suis épuisé par
« l'endroit le plus sensible (1) : mon galant hôte
« ne veut plus me donner à dîner ».

Or, dîner, vous le savez bien
Est une chose indispensable.
. . . .

« Vous, mon général, qui voulez que je sois
« aimable, vous me prêterez quelques-uns de vos
« moyens. Je ne suis pas exigeant, ce n'est pas
« vos moyens d'éloquence, ce n'est pas vos
« moyens de science, ce n'est pas vos moyens de
« plaire que je demande, *c'est un peu de vos*
« *moyens d'existence* ».

« En style bourgeois, je vous prie de m'avancer
« la petite somme de six louis que je vous ren-
« drai le 18, ou pour lesquels je vous donnerai
« un billet sur Bordeaux, à votre choix ».

Pardon si je vous dérange
Et vous fais perdre le tems
. . . .

_____

(1) M. Martignac est d'une naïveté charmante, il avoue
que c'est dans l'estomac que sa sensibilité a fait élection de
domicile.

. . . . Je vous prie
Sauvez, sauvez-moi la vie ;
Faut-il que je vous annonce
Que j'attends votre réponse ?

        Serviteur, signé M.*** fils.

IIme *lettre au même.*

Cette seconde lettre est toute en vers. M. M***
nous a privés de sa prose qui vaut bien ses vers.
Pour ne pas mortifier l'auteur qui plus tard a fait
mieux, et par respect pour les oreilles ennemies
de la poésie médiocre, je ne rapporterai que des
fragmens de cette épître.

. . . .
Mon voisin, dans le lieu qui tous deux nous vit naître
  C'est déjà la troisième lettre
  Que dans l'espace de trois jours
  Imprudent, importun, peut-être,
  J'ai, par mon jockey, fait remettre.
  J'ai, dans ces trois jours, eu l'honneur
  De me rendre deux fois moi-même,
  Au palais où *votre grandeur*
  A placé son trône suprême.
. . . .
  Je pense qu'il n'est pas besoin
  De vous répéter ma demande,
. . . .

Je me contente d'ajouter
Que mon laid commissionnaire
Mérite confiance entière.

Signé M.*** fils.

Ces vers me paraissent bien pâles, bien niais ; ils ressemblent comme deux gouttes d'eau aux vers du premier jour de l'an, dont *le fidèle berger, ou le grand monarque* de la rue des Lombards, fait une si grande consommation. Je l'ai déjà dit, M. M***, plus tard, en a composé de meilleurs. Sa cantate, exécutée sur le Grand-Théâtre de Bordeaux *devant l'impératrice Joséphine*, a de l'éclat et de la verve. Il y en a infiniment moins dans celle que l'on chanta quelque tems après, sur le même théâtre, *devant la duchesse d'An-goulême.* Mais M. M*** reprit bientôt tous ses avantages dans *la Saint-Georges*, vaudeville patriotique qu'il fit représenter en 1814, pour célébrer l'entrée des Anglais à Bordeaux, le 12 Mars de cette année. Le plus grand nombre des couplets étaient charmans. Un seul néanmoins excita d'injustes murmures. Des esprits frondeurs s'avisèrent de trouver mauvais que M. M*** accusât de calomnie ceux qui s'emportaient contre les cruels traitemens qu'essuyèrent les prisonniers français sur les pontons de Plymouth.

Cependant pour n'être mal avec personne, et

peut-être par compensation, dans l'année que parût la *Saint-Georges en faveur des Anglais*, M. M*** traduisit dans notre langue un ouvrage *contre les Anglais*, de M. Lée, consul américain à Bordeaux (1).

Ce que l'on vient de lire sur le refus de MM. Ravez, et de ses confrères, de défendre les deux malheureux accusés de la Réole, va recevoir son complément par les deux pièces suivantes. Elles sont du plus grand intérêt : l'une et l'autre seront un éternel témoignage de la conduite du barreau de Bordeaux (2) et de celle d'un vieillard frénétique qui se montra sans pitié. Je respecte sans doute les cheveux blancs de M. de Viomesnil; mais la postérité jugera sans ménagement l'influence qu'il exerça dans le procès des frères Faucher, et dans celui de cet infortuné général Travot, poursuivi avec un acharnement qui tenait de la rage par ceux-là même que ce généreux guerrier avait vaincus sur le champ de bataille (3).

---

(1) *Les Etats-Unis et l'Angleterre*, ou Souvenirs et Réflexions d'un citoyen américain. Essais traduits sur les manuscrits de l'auteur. 1 v. in-8.º. Bordeaux, 1814.

(2) N'oublions pas qu'il s'agit du barreau servile de 1815, et qui n'a aucun rapport avec le barreau de 1830, animé des plus nobles sentimens.

(3) L'ancien aide-de-camp du fameux sans-culotte

« Messieurs, écrit, le 10 Septembre 1815, le capitaine à demi-solde Monneins, aux frères Faucher : « Je suis revenu chez M. Ravez afin de le « supplier de vouloir bien prendre votre défense « comme il vous l'avait promis ; mais il m'a mon-« tré une lettre du chef d'état-major de la place, « dans laquelle *M. de la Porterie lui intimait* « *l'ordre de M. le gouverneur Viomesnil de* « *ne point se mêler directement ni indirecte-* « *ment de vos affaires.* Ayant observé à M. Ravez « que sa réputation était faite, son caractère « connu, son attachement pour le Roi, son amour « pour la justice, sa grandeur d'ame à défendre

---

Rossignol, le général Cannuel, si horriblement célèbre par sa cruauté envers les Vendéens de 1793, servait dans leurs rangs en 1815. Il fut battu à cette époque par le général Travot qui commandait les Français. Il prit sa revanche en 1814, dans un conseil de guerre, présidé par lui, où le général Travot fut condamné à mort.

Le comte de Viomesnil, chef d'état-major de l'armée de Condé, aujourd'hui maréchal de France, était gouverneur de Bordeaux dans l'année que les frères Faucher furent condamnés ; l'année d'après, il fut envoyé à Rennes pour convoquer le conseil de guerre qui condamna le général Travot. On assure que dès qu'on parle d'un français qui a servi contre l'étranger, M. le nouveau maréchal tombe dans des accès de colère fort dangereux pour un homme de son âge. Il ne reconnaît sans doute pour véritables Français que les Français d'outre-Rhin.

« les opprimés , devaient le mettre au-dessus de
« toute crainte, quand il s'agissait de la défense
« de deux illustres Français reconnus innocens
« jusqu'ici. *Il m'a répondu lâchement qu'il ne*
« *pouvait aucunement vous défendre , vu les*
« *circonstances présentes* (1). L'honneur de dé-

---

(1) Cette lettre du capitaine Monneins est, comme on l'a
vu, du 10 Septembre. Les Frères Faucher firent eux-mêmes,
trois jours après, une nouvelle tentative auprès de M. Ravez;
ils lui écrivirent : « On nous demande de désigner sur le
« champ notre défenseur. Nous ne saurions en choisir *qu'après*
« *votre refus auquel nous ne pouvons croire* , parce que
« nous ne pouvons deviner la cause qui le motiverait. Ce-
« pendant si le *fatum* qui pèse sur nous nous y condamnait,
« nous vous conjurons de nous accorder *cinq minutes* d'en-
« tretien qui vous fixeront sur nos intérêts les plus sacrés.
« Vous ne refuseriez pas ce genre d'appui à des infortunés
« coupables. Vous l'accorderez au malheur immérité..... »
Les deux Frères se trompaient : *Les cinq minutes d'entretien*
furent impitoyablement refusées !!!

L'espérance n'abandonne jamais tout à fait les malheureux.
Les Frères Faucher adressèrent encore une lettre à M. Ravez,
le 20 Septembre. Qu'elle ame de bronze n'eût été émue de
ces mots touchans ! « Nous allons , s'écrient les infortunés
« jumeaux , nous allons tomber sous la hache que l'on
« aiguise depuis deux mois pour nous frapper...............
« ....
« Si nos ennemis sont parvenus à enchaîner votre ame
« indépendante et vertueuse , quels succès n'auraient-ils

« fendre votre sainte cause vous est donc réservé,
« puisque *l'ordre des avocats vous refuse son*
« *appui, etc.....* Je ne suis ni un Démosthène ni
« un Cicéron; mais ma faible voix suffira, si votre
« santé ne vous permet pas de vous défendre,
« pour démontrer au peuple Bordelais votre in-
« nocence, etc. ».

Pour réponse à cette lettre, les frères Faucher
font savoir au capitaine Monneins qu'ils manquent
de tout, qu'ils croupissent dans la pourriture,

« pas sur les défenseurs que nous pourrions prendre ?
« Nous n'avons qu'un patron, ils nous l'ont arraché, c'est
« nous avoir condamnés à mort. Nous saurons y marcher
« avec la fermeté que vous devez attendre d'hommes que
« vous honorâtes de votre amitié. Nous ne démentirons pas
« dans nos derniers momens l'estime que vous nous avez
« accordée. Nous emporterons votre souvenir, et ce sen-
« timent suffirait pour nous donner des forces, si nous ne
« les trouvions pas dans notre cœur.

« Et nous sommes innocens....... »

« Et les faux témoignages les plus maladroits, en même-
« tems que les plus audacieux, nous conduiront à une
« mort ignominieuse quand la voix d'un homme énergique
« pourrait démasquer la calomnie et faire crouler l'échafaud
« bâti pour nous tuer, etc..... » Vaines paroles, prières
inutiles! M. Ravez fut sourd aux cris déchirans des deux
frères; impassible comme la mort, son cœur glacé resta
inexorable....

que leur linge sale fait horreur; qu'ils n'ont reçu pour toute nourriture, pendant 24 heures, que trois œufs à la mouillette; que de violens accès de fièvre les dévorent, etc..... Le capitaine Monneins se hâte de leur marquer, le 15 Septembre 1815 :

« Vous me paraissez étonnés, Messieurs, de « mon long silence, et des cruelles privations que « vous éprouvez dans votre prison, puisqu'on ne « vous a remis que quatre ou cinq œufs depuis « trois jours : c'est sans doute pour ajouter de « nouvelles douleurs à mon amertume. Vous « ignorez, je pense que, *pour avoir voulu vous* « *alimenter et vous défendre,* je suis, depuis le « 11, aux arrêts de rigueur dans le Château-Trom- « pette, et gardé à vue par deux sentinelles. Je « n'espère pas que cette lettre vous parvienne, « quoique j'emploie la ruse par le secours de mon « épouse..... Quoique devant la porte du lieute- « nant du Roi, M. Mallet de Roquefort, votre « soi-disant ami, je faillis être assassiné par la « canaille, au moment qu'il me fit signifier les « arrêts, etc. ».

Ce brave et vertueux officier ne fut mis en liberté que *le lendemain de l'exécution des frères Faucher....* Quelques jours avant sa détention au Château-Trompette, il fut fait deux visites dans son domicile. Avant cette opération, la femme d'un maître d'école, *après s'être travestie en*

femme de qualité, s'était rendue chez M.me Monneins pour l'engager, d'abord par des promesses
ensuite par des menaces, à lui livrer les papiers
qu'elle pourrait avoir aux frères Faucher. Ces
moyens ne produisirent aucun effet sur la digne
épouse de cet estimable officier, *dont les rela-
tions avec les frères Faucher étaient absolu-
ment toutes nouvelles.*

Comparez à présent l'égoïsme, la dureté, l'in-
gratitude de MM. Ravez et M***, unis aux frères
Faucher depuis plus de vingt ans par l'amitié et
la reconnaissance, avec les nobles et généreux
procédés du capitaine Monneins, ne les connais-
sant que depuis leurs malheurs¹!

Que conclure des lettres du capitaine Monneins,
disent les neveux des frères Faucher, sinon qu'on
a voulu intercepter la défense des deux infortunés jumeaux, ou, pour mieux dire, que le sort
funeste qu'ils ont subi était arrêté, n'importe qu'ils
fussent innocens?.... (1). Voyez les tomes 6 et 7

---

(1) Oui, ils étaient innocens, n'en doutons pas, même dans
la pensée de leur parent, de leur ami, de leur avocat, autrefois qui, à cette heure fatale, détournant la tête et fer-
mant l'oreille à leurs cris, les abandonna sans pitié à toute la
rage de leurs ennemis!

Il faut bien que ce soit la vérité, puisque des personnes
dignes de foi nous assurent que l'on ne peut prononcer le nom

de la bibliothèque historique d'où j'ai tiré, presque mot à mot, mais en les abrégeant, les détails que je viens de rapporter sur un procès dont la déplorable issue cause encore tant de regrets aux amis de l'humanité..... Mais poursuivons la douloureuse tache que je me suis imposée.

Les frères Faucher furent traduits devant le conseil de guerre de la onzième division militaire, assemblé le 22 Septembre 1815, au Château-Trompette, par ordre de M. le comte de Viomesnil, lieutenant-général.

Ils étaient accusés :

1.° *D'avoir retenu, contre la volonté du gou-*

---

des frères Faucher devant M. Ravez, sans l'exposer à ressentir des attaques de goutte, qu'il a beaucoup plus fréquemment depuis la mort des deux jumeaux.

Par exemple, nous pouvons attester que la seule présence d'un seul de leurs parens le trouble et l'agite au dernier point. Assistant à une séance de la chambre des députés, dans la loge des journalistes, placée presqu'au centre de la salle, les yeux de lynx de M. Ravez nous découvrirent ; il nous dépêcha trois fois un huissier pour nous en expulser. Il n'y réussit pas. Nous étions porteurs d'une carte de journaliste. Il arriva, nous ne savons comment, que ce jour-là M. le président porta la tête moins haute, et perdit une grande partie de son *assurance* accoutumée.

(*Notes du neveu des frères Faucher.*)

vernement, un commandement qui leur avait été retiré.

Constantin Faucher seul avait un commandement militaire, qu'il remit aussitôt qu'il en reçut l'ordre du maréchal Gouvion Saint-Cyr ; et César Faucher remit, de son propre mouvement, au Préfet, le pouvoir civil dont il était revêtu ;

2.º *D'avoir commis un attentat dont le but était d'exciter la guerre civile, et d'armer les citoyens les uns contre les autres, en réunissant dans leur domicile des gens armés qui y faisaient un service militaire, et qui criaient* Qui vive *sur les patrouilles de la garde nationale.*

Ils prouvèrent que vingt fois on avait voulu les assassiner dans leur maison. (C'est l'époque où, dans des accès de fureur royaliste, on égorgeait par centaines, à Marseille, à Nismes, à Toulouse, les patriotes et les protestans.) Quelques amis étaient venus à leur secours : c'est ce que l'on appela avoir armé des gens contre la garde nationale !

3.º *D'avoir comprimé, par la force des armes et par la violence, l'élan de fidélité des sujets de Sa Majesté.*

Traduisez ainsi : D'avoir empêché, par leur attitude ferme, l'escalade de leur maison, que d'honnêtes brigands, pensant bien, voulaient piller; d'avoir empêché ces honnêtes brigands monarchiques de les massacrer, pour donner au Roi des preuves d'amour et de dévoucment.

Le même jour de leur mise en jugement, les frères Faucher furent, *à l'unanimité*, condamnés à la peine de mort.

Le conseil de guerre était composé de MM. (1)

G** [le chevalier de] , colonel de cavalerie, *président.*

B** * **, chef d'escadron.

B**, capitaine command. le Château-Trompette.

M**, capitaine adjoint à l'état-major.

C** fils , lieutenant au 10 e de ligne.

M****, sous-lieutenant d'infanterie de ligne.

F****, sergent-major de la garde nationale d'élite.

---

(1) Quoique les noms des juges de nos oncles soient inscrits tout au long dans les tomes 6 et 7 de la bibliothèque historique, nous nous sommes abstenus de les donner ici, pour ne pas être accusés d'avoir publié cette brochure dans un esprit de récrimination : nous désirons bien du fond de l'ame que le remords laisse en paix les hommes sanguinaires qui condamnèrent les deux jumeaux ; nous voudrions également qu'il fût possible de plonger en un profond oubli les noms de leurs meurtriers.

(Note du neveu des frères Faucher.)

D***, capitaine au 10.e régiment de ligne, faisant les fonctions de *commissaire du Roi*.

Bouterie [de la], chef d'escadron, adjoint à l'état-major, *rapporteur*, nommé d'office en remplacement de M. Ricaumont (1), légitimement empêché; assisté de

L**** [Auguste], *greffier*, nommé par le rapporteur.

---

(1) Une main vengeresse semble frapper de coups redoublés plusieurs des juges des frères Faucher. M. de la Bouterie est tombé depuis long-tems dans un état affreux : on le dit enfermé dans une maison de santé pour cause d'aliénation mentale.

M. de Ricaumont a comparu le 27 Janvier 1828 devant le Tribunal correctionnel de Chalons, sous la triple prévention de *vol*, de *voie de fait* et d'*outrage à la pudeur*. Le Tribunal déclara constans les faits de la plainte, mais acquitta le prévenu, à raison de son état de démence.

Le chevalier de G***, président du conseil de guerre, m'ont assuré plusieurs personnes, a de fréquentes absences d'esprit. Livré à des accès de dévotion noire, on prétend qu'il se rend quelquefois au cimetière de la Chartreuse où, à genoux sur la tombe des frères Faucher et, les yeux remplis de larmes, il les conjure de lui pardonner leur mort cruelle.

L'état du comte de P***, président du conseil de révision, n'est pas moins déplorable que celui du chevalier de G***. Le regard fixe, les traits altérés, il parle, et l'on ne trouve aucun sens à ce qu'il dit.

Une chose digne de remarque, c'est que quatre ou cinq des juges de Calas, de Toulouse, et du chevalier de la

Avant d'aller plus loin, il n'est pas inutile de remarquer qu'une des grandes monstruosités de l'*assassinat juridique* des frères Faucher, comme appelle leur condamnation le respectable Monsieur Schonen, conseiller en la cour royale de Paris, est que, non-seulement plusieurs des juges n'avaient pas les grades dont ils se paraient gratuitement, mais même la plupart n'en avaient aucun, du moins à l'époque du jugement en 1815.

Je me suis assuré, par des recherches faites au ministère que le président du conseil de guerre ne figurait pas même encore sur les contrôles de l'armée en 1819.

L'un des juges les plus acharnés à la perte des frères Faucher, le sieur B. du B., chef d'escadron. selon lui, en 1815, n'est cependant porté sur les contrôles de l'armée, qu'en 1816; il est vrai, une note prévient que ses états de service dateront de 1814, voici l'explication de cette faveur; en 1814, le sieur B* du B*, accompagné, m'a-t-on dit, du sieur Queyr...., se rendit en Es-

---

Barre, d'Abbeville, sont morts, à la lettre, dans d'horribles accès de rage, et que presque tous les autres, rongés de remords, ont péri misérablement. Puisse la même destinée ne pas atteindre les juges des mes malheureux oncles !

(*Note du neveu des frères Faucher.*)

pagne, au quartier-général de Wellington, pour obtenir de ce grand ami et protecteur du duc d'Angoulême, qu'il envoyât un petit corps d'armée occuper notre ville; et ce fut chose aisée, car des traîtres avaient tout préparé de longue - main, pour introduire l'ennemi dans nos murs.....

Le jugement du conseil de guerre fut confirmé le 26 Septembre 1815, par le conseil de révision, composé de Messieurs

P*** [le comte de], maréchal-de-camp, *président.*

Santa-Croce [le prince de], colonel - adjudant-commandant (1).

L***, chef de bataillon.

B* C** [le chevalier] capitaine - adjudant - commandant.

Fumel [le vicomte de], capitaine-adjudant à l'état-major de la place (2).

---

(1) Le prince Santa-Croce avait long-tems servi dans les armées françaises, où sa bravoure l'avait fait remarquer. Il voulait sauver la vie aux frères Faucher : il ne pouvait concevoir l'atroce sévérité du premier jugement.

(2) Le vicomte de Fumel partagea l'avis du prince de Santa-Croce. Dans des tems moins affreux il avait eu des obligations essentielles aux frères Faucher. Il ne crut pas

3

P* [André] , greffier , nommé par le président.
Lucot-d'Hauterive , commissaire - ordonnateur ,
faisant les fonctions de commissaire du roi.

Devant ce conseil de révision , les avocats nommés d'office , ont osé présenter timidement quelques observations , et les ont fait précéder , par
l'organe de M. Emérigon , aujourd'hui président
du Tribunal de première instance de Bordeaux ,
d'une déclaration formelle qu'ils étaient *moins
les défenseurs des condamnés que les avocats
de la loi......* et dans sa réplique au réquisitoire
de tigre du commissaire du roi, M. Emérigon
assure que le devoir qu'il vient de remplir n'a pas
été *le moins pénible de ceux que sa profession
lui impose* ; il espère qu'il trouvera dans son cœur
et dans celui de tous les gens de bien (dont la
sensibilité , l'humanité ressemblent sans doute à
la sienne et à celle de MM. Ravez et M...), le
dédommagement le plus consolant et le plus
doux.

Le lendemain de la confirmation de la fatale
sentence , le 27 Septembre 1815 , les frères Faucher , vêtus d'une simple camisole blanche , la

blesser la justice en écoutant la voix de la reconnaissance :
mais aux yeux de MM. Ravez et M*** sans doute il aura eu
tort.

(25)

tête nue, le regard paisible, les traits remplis d'une douce sérénité, traversèrent à pied, en se donnant le bras, une grande partie de la ville de Bordeaux. Arrivés dans un champ écarté, choisi pour la place de leur supplice, le lugubre cortége fit alte. César Faucher commanda le feu, et ils tombèrent tous les deux sans vie, devant la garde nationale, les gardes royaux à cheval et la légion de Marie-Thérèse, convoqués extraordinairement pour être témoins de leur exécution.

Ces troupes et les gendarmes, au milieu desquels la garde nationale dut être un peu surprise de se trouver (1), montrèrent tout le tems du supplice des frères Faucher, une profonde im-

---

(1) Il ne faut pas oublier que ceci est écrit en 1819, et que les persécutions, l'exil, l'amende et la prison ont été pendant quinze ans à l'usage des amis de la liberté assez courageux pour dire la vérité toute entière : il fallait forcément, pour la faire passer, l'envelopper de nuages épais. Aujourd'hui qu'il n'en est plus de même, disons sans figure que cette soi-disant garde nationale n'était autre chose que le corps *des Brassards*, ce qui est un peu différent : quoiqu'il soit vrai que les Verdets, les Brassards, les bandes des Truphemy, des Pointus, des Trestaillons, aient toujours pris hardiment le nom de gardes nationales ; comme les recors, les geoliers, les bourreaux qui n'ont jamais cessé d'avoir la prétention de faire partie de l'autorité judiciaire.

(*Note du neveu des frères Faucher.*)

passibilité; mais le bruit des balles qui frappaient de mort les deux jumeaux, fut salué des hurlemens des anciennes furies de guillotine, et des applaudissemens de plusieurs grandes dames : parmi elles on voyait les hommes de sang de 1815, les yeux allumés de fureur, applaudir à la féroce joie de ces cannibales en jupes et en falbalas.

Quoiqu'il n'eût pas été pris beaucoup de précautions pour garantir leurs dépouilles mortelles des outrages de la plus vile populace, celle-ci se contenta de les regarder avec la plus stupide curiosité; jusqu'au moment qu'un infâme tombereau transporta leurs cadavres couverts de sang au cimetière de la Chartreuse, où ils furent jetés dans la même fosse...... Que la terre qui les couvre, conserve soigneusement leurs restes malheureux ! Que leurs manes affligés de la rigueur des hommes, s'apaisent dans le séjour de l'éternelle miséricorde ! Qu'ils soient touchés de ce concours de personnes de tout âge, de tout sexe, qui viennent religieusement chaque année visiter le lieu où ils reposent, pour y porter le tribut de leurs larmes, et y chercher de glorieux souvenirs ou de nobles inspirations! ! !

Pour ne pas interrompre le récit des derniers momens des frères Faucher, je n'ai pas voulu rapporter une foule de petits détails qui peignent admirablement et la rage des bourreaux et la touchante résignation des victimes. En voici quelques-uns :

Notes de la main des frères Faucher :

« Le président du conseil de guerre, M. de
« Gombault, doit se récuser, puisque sa famille
« et la nôtre, sont en inimitié ouverte depuis
« cinquante ans ».

« M. le Procureur-général nous dit qu'il nous
« ferait donner le temps de nous procurer, et de
» faire venir tous les documens nécessaires........
« et on nous a tenus constamment au secret ».

« M. le comte de la Porterie a ordonné de nous
« mettre à la tour des forçats ». (Il fallait être
condamné aux galères ou à mort pour y être renfermé; et ils n'étaient pas encore jugés ! !)

« M le comte de la Porterie a ordonné de nous
« priver de chaises, de pot de chambre, de lu-
« mière, de couteaux, de fourchettes, etc. »

« Le commissaire de police Roustaing nous
« trouve suans après trois accès de fièvre.... Vous
« n'avez point de vase de nuit, remarqua-t-il?
« —On vous a donc ordonné de nous faire souf-

« frir, lui dîmes nous? —On me l'a ordonné, ré-
« pondit-il, non par écrit; on me l'a aussi donné
« à entendre... C'est M. le comte de la Porterie ».

« Nos lettres sont retenues; toute correspon-
« dance enlevée; on refuse de la rendre .... C'est
« M le comte de la Porterie, nous a dit M. de la
« Bouterie. »

« Le greffier de la police correctionnelle dit au
« capitaine-rapporteur, devant nous : *Enchaînez*
« *les chaises si vous voulez, mais ne les privez*
« *pas de chaises..... les plus grands criminels*
« *n'en sont pas privés....* Je l'ai voulu, dit M. de
« Ricaumont, mais M. de la Porterie l'a encore
« défendu hier au soir. »

« Ainsi, c'est M. de la Porterie qui, contre nous,
» fait le métier de concierge ! Et ce sont ses ad-
« joints qui veulent nous juger!.... » Infortunés!
oui, ce sont eux, eux-mêmes qui vous ont en-
voyés à la mort !!....

———————

Le conseil de guerre déclara (Quelle abomi-
nable jurisprudence (, que *le refus* des défenseurs
et *l'impossibilité d'en trouver un* avant la réu-
nion, ne pouvait retarder la convocation ni la
tenue de sa séance, en conformité de l'art. 20 de
la loi du 11 Brumaire an V.

———————

L'abbé Rousseau, plus tard curé à St.-Michel, qui fut sous l'empire *l'homme de confiance* (on sait ce que cela veut dire), de M. Pierre Pierre, comissaire-général de police à Bordeaux, écrivit aux frères Faucher, le 6 Avril 1815, pour leur reprocher d'avoir scandalisé leurs confrères de la prison, en ne remplissant pas un devoir (celui d'entendre la messe) qui est commun à tous les *prisonnié catholique*. « J'imagine *que voi s* « *vous ennyés*, continue M. l'abbé, *je vous en-* « *vois* les nouvelles du jour. Elles sont *pres* à « vous faire faire des réflexions sérieuses sur *les* « *motifs et les cause* de votre arrestation. »

Les lecteurs peuvent se moquer un peu du français et de l'ortographe de M. l'abbé. Les mots italiques en offrent le *fac simile*. Tout à l'heure ils vont frémir d'indignation.

Pour distraire les deux frères dans la solitude de la prison, ce prêtre inhumain les oblige à lire ce qui suit, extrait d'un journal, et imprimé chez la veuve Cavazza, qui le faisait crier dans les rues de Bordeaux :

Les frères Consiantin et César Faucher, de la Réole, ces deux misérables que leur conduite forcenée a su rendre si fameux parmi nous, et dont on ne prononce le nom qu'avec horreur, viennent enfin d'être pris et jetés dans les prisons de la Réole. . . . .

Il est impossible de dépeindre l'indignation de ce peuple immense, groupé autour d'eux et les accablant des injures les plus outrageantes : MONSTRES ! BÊTES FÉROCES ! SCÉLÉRATS ! *Telles étaient les épithètes qui leur pleuvaient de toutes parts. Celui-ci leur redemandait l'argent qu'ils lui avaient volé ; celui-là son père qu'ils firent jadis périr sur l'échafaud. Les paysans surtout étaient furieux, et tous les voulaient mettre en pièces.*

Si des êtres aussi vils, aussi profondément méprisables, pouvaient être humiliés de quelque chose, ils l'eussent été de se voir ainsi l'objet de l'exécration publique : on pouvait lire sur leurs méchantes figures la conviction du crime, la crainte du châtiment.... etc. . .

. . . .

Ah ! la plume s'échappe de mes doigts. Je n'ai plus la force de copier d'aussi horribles discours : la rage les inspira ; et pourtant c'est un ministre des autels , un ministre du Dieu de paix , de miséricorde et de consolation. qui se donne le barbare plaisir de les mettre sous les yeux de deux infortunés contre lesquels on soulève toutes les passions du moment , et on invoque toutes les vengeances humaines!!

Pour reposer l'imagination du lecteur sensible qu'affecte sans doute bien douloureusement le spectacle d'un si féroce délire, je vais terminer le récit des malheurs des deux frères Faucher, par la transcription de trois de leurs lettres. Elles prouvent toute l'heureuse facilité d'esprit, toutes les grâces du style, toute l'élévation du noble caractère des deux jumeaux de la Réole.

La première lettre, dont je ne rapporte qu'un extrait, est un tableau de genre sur la jurisprudence en usage, pour les lettres écrites ou reçues par les prisonniers; la seconde est un des plus piquans commentaires de l'une des plus belles fables de Lafontaine, dont les deux frères se font la plus ingénieuse application; et la troisième renferme les adieux qu'ils adressent à leur neveu Casimir Faucher, avant d'aller à la mort.

CÉSAR *à Mademoiselle Anaïs* FAUCHER.

Fort du Hâ, du jeudi 17 d'Auguste.

. . . .

Nous donnons nos lettres ouvertes pour qu'on ne soit pas exposé à en déchirer le cachet en les ouvrant, et que le désordre de la couverture, n'invite à les supprimer tout-à-fait. Dès-lors, le garçon de geôle à qui nous les donnons peut s'amuser à les déchiffrer; le guichetier à qui il les remet pour les porter au greffe peut chercher par leur lecture à perfectionner son style, et on ne dira pas que nous élevons trop haut nos prétentions en supposant que notre style vaut mieux que celui d'un guichetier. Enfin nos lettres arrivent au greffe. Vous allez croire, peut-être, que là s'arrête la révision. C'est bien là, si vous voulez, mais ce n'est pas le greffier qui l'exerce seul. Le greffier peut ne pas y être et alors le peuple *des habitués* s'en empare. Ce peuple se compose des *recors* qui ont accompagné un capturé pour dettes; des *gendarmes* qui ont conduit un prévenu de crime; des *chefs* du poste militaire et puis de ces *désœuvrés* qui pullulent dans les greffes des prisons, qui en sont, pour ainsi dire, les commensaux, et que les égards personnels du concierge et les grâces de *la cantine* multiplient toujours beaucoup.

C'est au travers de cette triple ligne de douanes que doivent passer nos demandes, et vous sentez que s'il y en avait une seule qui fût de contrebande, elle risquerait de faire confisquer toute la dépêche. Le malheur, dans tout cela, c'est qu'on ne sait pas jusqu'où s'étend et où s'arrête la tolérance. Le Code qui régit cette partie est un peu livré à l'arbitraire, et ne ressemble pas mal à la jurisprudence du *tribunal des dix* dans la vieille Venise. Si une virgule est mal placée, elle peut rendre le sens d'une phrase louche :

la conscience timorée du greffier sent naître un scrupule. La lettre est immédiatement portée chez M. le procureur général. Ce magistrat a d'autres occupations que celle de lire la correspondance très-peu récréative du détenu ; cette corvée est déléguée au secrétaire. Si celui-ci a bien passé la nuit, c'est-à-dire, s'il a peu dormi et que le bal et les plaisirs aient pour lui allongé la veillée, alors il rit du mal-entendu du greffier, ou s'il est attendu pour un déjeuner, il ne lit pas même la lettre et ordonne qu'elle soit remise à la poste. Mais si *Monsieur* est mécontent de sa soirée ; si quelque jeune prétendant a été mieux accueilli que lui, ou si un de ses bons mots a passé sans être entendu ou remarqué, (je ne suppose pas que son chef ait eu occasion de le gronder, ceci serait trop grave) alors on recommande une surveillance plus sévère autour du détenu.

Ce n'est pas tout de savoir ce qu'il écrit et ce qu'on lui mande, il faut encore savoir à qui il parle parmi les prisonniers, ce qu'il dit dans sa chambre......, et c'est-là que sont les grands risques, les véritables dangers. L'honnête condamné qui se charge du rôle *d'observateur* n'est payé qu'en raison de ses services, et il est reçu que tout *observateur* qui ne rapporte rien sert mal. Pour conserver la confiance, *les éclaireurs* supposent donc avoir entendu un mot équivoque ou surpris un sourire *sentant l'hérésie politique*. On excite leur zèle en le récompensant. Mais le commettant devient , dès ce moment , plus exigeant envers son mandataire. Il faut que chaque jour porte son tribut, et si ce tribut ne va pas comme les recettes des droits-réunis , on destitue le fonctionnaire. Son successeur , averti par les revers de son devancier de ce qui l'attend . force la recette , et de calomnies en calomnies élève sa fureur et creuse l'abîme de celui qu'on veut perdre.

Voilà , ma chère petite nièce , la théorie de ce qu'on appelle la *surveillance des prisons*. Vous voyez que si ce n'est pas sans danger qu'on y prolonge son séjour, ce n'est pas non plus sans profit; car on ne devine pas tout cela hors de l'enceinte.

. . . .

CÉSAR *à Mademoiselle Anaïs* FAUCHER . (1).

Du mardi 29 d'Auguste.

Ma bonne petite , nous reçûmes hier votre N.º 15 , du dimanche 27 ; et le tableau que vous avez

---

(1) La correspondance des frères Faucher contient beaucoup de lettres adressées à Mademoiselle Anaïs Faucher : elles sont d'une lecture attendrissante et pleines du plus doux intérêt. Elles donnent une haute idée des qualités aimables

tracé en deux traits de votre situation et de votre colloque avec Bruno (1), quand on vous apporte les flambeaux, nous a, pour ainsi dire, mis en scène autour de votre table ronde. Je vois notre Anaïs avec son feston et Bruno avec son La Fontaine. Il faut que je fasse quelque chose, et pour que ce *quelque chose* soit utile à la petite société, je vais faire lire Bruno, et lui apprendre à raisonner ce qu'il lit. Je ne vous dirai pas:

« Agnès, pour m'écouter laissez-là votre ouvrage. »

Notre nièce est trop bien élevée pour ne pas écouter ses oncles sans distraction, et elle les

de la nièce et de la sensibilité de ses oncles. Il paraîtrait que leurs plus chères affections étaient partagées entre Anaïs Faucher, Gustave et Casimir Faucher. Le dernier surtout semblait leur fils d'adoption ; ils le traitaient comme tel, et ne cessaient de lui donner mille marques de confiance. (Voyez la lettre qu'ils lui écrivirent avant de mourir). Faut-il que tant de rares avantages que la nature se plut à prodiguer aux frères Faucher aient trouvé sans pitié les hommes de 1815! Ah! les deux jumeaux de la Réole avaient trop d'esprit pour ne pas exciter l'envie des sots ; et leurs sentimens étaient trop élevés, à une époque de bassesses, d'infamies et de trahisons, pour échapper aux proscripteurs du tems!!

(1) Bruno Faucher, jeune frère de Casimir, est mort à Lyon en 1827.

aime trop pour ne pas les écouter avec intérêt. Je pourrais dire, et j'y trouverais la matière d'un long commentaire,

« Le monde, chère Agnès, est une étrange chose ».

Mais ce n'est pas cela qu'il s'agit. Il faut faire lire Bruno. Je vois qu'il a sous la main la belle fable intitulée : *Les Animaux malades de la peste.* Lisez mon enfant :

« Un mal qui répand la terreur,
« Mal que le ciel, en sa fureur,
« Inventa pour punir les crimes de la terre ».

Ne croirait-on pas que le bonhomme veut parler d'une révolution ? Ce n'est toutefois que de la peste, mais ces deux grandes maladies de l'espèce humaine ont beaucoup de rapports entr'elles chez certains peuples.

« Capable d'enrichir en un jour l'Achéron,
« Faisait aux animaux la guerre ».

Les *réactions* sont filles des révolutions, et il faut convenir qu'elles font de riches moissons pour l'Achéron, dans *le Var, la Drôme, les Bouches-du Rhône,* etc.

« Ils ne mouraient pas tous, mais tous étaient frappés ».

Ce trait peint bien les réactions ! car on est

frappé dans ceux qu'on aime , et il est dans ce sens peu de Français qui ne soient atteints.

« Ni loup ni renard n'épiait
« La douce et l'innocente proie ».

Et par la sambleu ! c'est surtout de cette chair que les réactionnaires sont friands , et la race des loups et des renards ne fut jamais plus nombreuse.

« Les tourterelles se fuyaient ».

Voilà le dernier symptôme de la maladie , et il se retrouve aujourd'hui dans plus d'un ménage.

« Le lion tint conseil » .

Un sage lion consulte toujours son conseil dans les circonstances graves , et vous sentez quel poids donnent à ses ordonnances ces mots : *Notre conseil d'état entendu.*

« ..... et dit : mes chers amis,
« Je crois que le ciel a permis
« Pour nos péchés cette infortune.
« Que le plus coupable de nous
« Se sacrifie aux traits du céleste courroux,
« Peut-être, il obtiendra la guérison commune ».

Ce lion donne là un bel exemple de résigna-tion. Il se confond avec son peuple. Il sent la nécessité du sacrifice , il l'appuye sur les tems passés.

« L'histoire nous apprend qu'en de tels accidens
    « On fait de pareils dévouemens ».

L'histoire lui avait parlé de toutes les *réactions* qui l'avaient précédé jusqu'à celle de la *restauration en Angleterre*. L'histoire s'est enrichie depuis des *dévouemens de Naples , de Madrid*, *etc. , etc.*

« .... En de tels accidens ,
    « On fait de pareils dévouemens ».

Voilà la curée des réactionnaires qui se prépare.

Le lion fait sa confession. Passons par-dessus cet examen de conscience. Je n'aime pas trop à assister à ce genre de compte rendu. Le lion le finit par ces mots sublimes :

« *Je me dévouerai donc*, s'il le faut ; mais je pense
« Qu'il est bon que chacun s'accuse ainsi que moi.

Ne soyez pas étonné que le lion ajoute à cette offre d'un dévouement personnel :

« Il est bon que chacun s'accuse ainsi que moi ».

Un lion doit être juste avant d'être généreux , et les *adresses* le lui répètent d'un bout à l'autre de son empire.

Le conseil d'état parla avec cette noble indépendance qui appartient aux confidens d'un monarque, et il fut démontré que ce que la conscience timorée du lion lui faisait croire être de
gros péchés mortels n'était au vrai que des actions
louables.

« Eh bien ! manger moutons, canaille, sotte espèce,
   « Vous leur fîtes, seigneur,
« En les croquant, beaucoup d'honneur ».

D'ailleurs le grand principe de l'inviolabilité
pouvait être appliqué ici victorieusement, et *le
conseil d'en haut* avait déjà dit :

« Les rois, comme les dieux, sont au-dessus des lois ».

On passa à la confession des grands officiers
de la couronne, etc.

   « On n'osa pas trop approfondir
« Du tigre, ni de l'ours, ni des autres puissances,
   « Les moins pardonnables offenses ».

On se rappelait cet axiome des successeurs du
révérend père *Lachaise*.

« Que pour damner des gens de si haute importance,
« Dieu lui-même y regarde à deux fois ».

D'après ce principe et quelques autres à l'usage
des cours,

4

« Tous les gens querelleurs, jusqu'aux simples mâtins,
« Au dire de chacun, étaient de petits saints ».

Ceux-là ont des indulgences toutes acquises et qui tiennent à leur état.

« L'âne vint à son tour ».

Précisément comme nous venons au nôtre. Mais l'âne avait *souvenance*

« Qu'en un pré de moines passant,
« La faim, l'occasion, l'herbe tendre, et je pense
« Quelque diable aussi me poussant,
« Je tondis de ce pré la largeur de ma langue ».

A ces mots on cria *haro*. C'est fort bien : il s'était laissé tenter, bref il avait pris. Mais nous que le diable n'a pas poussé, nous qui n'avons rien pris, pourquoi *le haro* ?

« Sa pécadille fut jugée un cas pendable. »

C'est dans l'ordre ; il était sans appui. Mais enfin il y avait *pécadille* dans son fait, et nous n'avons pas *pécadille* dans notre affaire.

« Rien que la mort n'était capable
« D'expier son forfait ».

Voilà bien ce qu'on dit pour nous.

» ...... On le lui fit bien voir »

Et voilà précisément ce que j'espère bien qu'on ne nous fera pas voir. Nous *brairons*, mon frère et moi, pour l'empêcher, plus fort que tous les *onagres* de la Tartarie, et nous frapperons les tympans les plus encroûtés de prévention.

Il nous reste les deux derniers vers de la fable. Je ne les commenterai point, parce que je n'aime point à me mêler de trop grandes affaires. D'ailleurs ils sont de *La Fontaine*, et qu'il se défende s'il peut. Enfin les voici, et je les abandonne à leur malheureux sort.

« Selon que vous serez puissant ou misérable,
« Les jugemens des cours vous rendront blanc ou noir ».

Si vous voulez à présent que je vous dise ce que j'ai su par tradition de la véritable cause de la condamnation de notre baudet, car presque toujours il y a *cause* et *prétexte* dans les décisions de cet ordre; le véritable motif fut qu'il avait dit jadis, alors qu'on lui proposait de prendre part dans une querelle :

« Et que m'importe à qui je sois !
« Battez-vous et me laissez paître.
« Notre ennemi, c'est notre maître »

et voilà ce qu'il ne fallait pas dire. Je sais bien qu'un pauvre âne est bien embarrassé en certaines occurences. Quoi qu'il en soit, je sais deux bonnes bêtes qui se promettent bien d'écrire sur la porte de leur retraite ce vers de la souris retirée dans un fromage de Hollande :

« Les choses d'ici-bas ne nous regardent plus. »

mais quand aurons-nous la retraite (1) ?

Adieu, ma bonne nièce. Nous vous embrassons.

CONSTANTIN et CÉSAR à *Casimir* FAUCHER (2).

Des cachots du fort du Hà, ce 26 Septembre 1815.

Mon cher Casimir, la catastrophe terrible qui vous prive de vos deux meilleurs amis, est pour

___

(1) La retraite ! Frères infortunés, battus par l'orage, redoutant les éclats de la foudre, vous soupiriez après elle !.. Ah ! vous ne pensiez guère que, grâce à la fureur de vos ennemis, vous en goûteriez bientôt les douceurs, mais, hélas ! dans le sein de la terre où le modeste cercueil de bois du pauvre vous serait même refusé !...

(2) Les passages de cette lettre que j'ai supprimés traitent d'affaires de famille, toujours de peu d'intérêt pour les lecteurs. En revanche, ceux que j'ai conservés en sont pleins, du moins pour toutes les personnes qui savent apprécier la sensibilité, le courage et la stoïque résignation de deux hommes intrépides à l'aspect de la mort, soit qu'elle se présente à eux au milieu des combats, environnée des prestiges de la gloire, soit qu'elle se montre à leurs regards entourée de bourreaux et sous des formes ignominieuses.....

vous un coup de foudre. Nous ne vous en parlons que pour vous dire qu'elle est l'époque où nous vous laissons le soin de nous remplacer, de vous occuper du bonheur de votre sœur et de vos frères . . . .

Si quelque chose survivait à la dissolution de notre être, nous serions au milieu de vous. Mais notre tendresse est comme la pensée, elle est indestructible tant que les objets de l'affection existent. Ainsi, vous devez tous vous dire, dans vos momens de peine : le cœur de nos meilleurs amis les partageait à l'avance ; et, dans le tems de vos prospérités, dites-vous encore : leur cœur les a goûtées à l'avance en nous les désirant continues.

Adieu, mon ami ; cette lettre est commune au bon Gustave et à vous ; votre sœur et votre frère nous entourent de leurs larmes, et vous êtes tous les quatre les objets les plus vifs de nos regrets. .

. . . .

CONSTANTIN FAUCHER.

Les sentimens exprimés par mon frère sont bien dans mon cœur, et je n'ajoute quelques mots que pour que vous voyez des caractères tracés par celui que vous aimiez tant, et dont le souvenir ne s'effacera jamais de votre pensée. Oh ! oui, mon cher Casimir, nous vivrons toujours en vous. Je ne vous recommande pas vos frères : votre ame n'a pas besoin de cette recommandation. N'oubliez pas que notre Anaïs doit tenir la première place dans vos sollicitudes pour votre famille. Vous éprouverez une jouissance de plus par la pensée que vous aurez acquitté notre dette autant que la vôtre, si son bonheur est votre ouvrage. .

. . . .

Adieu, mon digne ami; l'attendrissement que vous nous causez diminue seul la sérénité de notre ame. Nous allons recevoir la mort avec la conscience de n'avoir fait que le bien, d'avoir séché autant de larmes que nous l'avons pu, et de n'en avoir jamais fait volontairement répandre....

Adieu encore une fois; je vous embrasse comme je vous aime.

César FAUCHER.